馮其庸 著　馮幽若 輯録

馮其庸紅學詩詞草

中華書局

馮其庸肖像

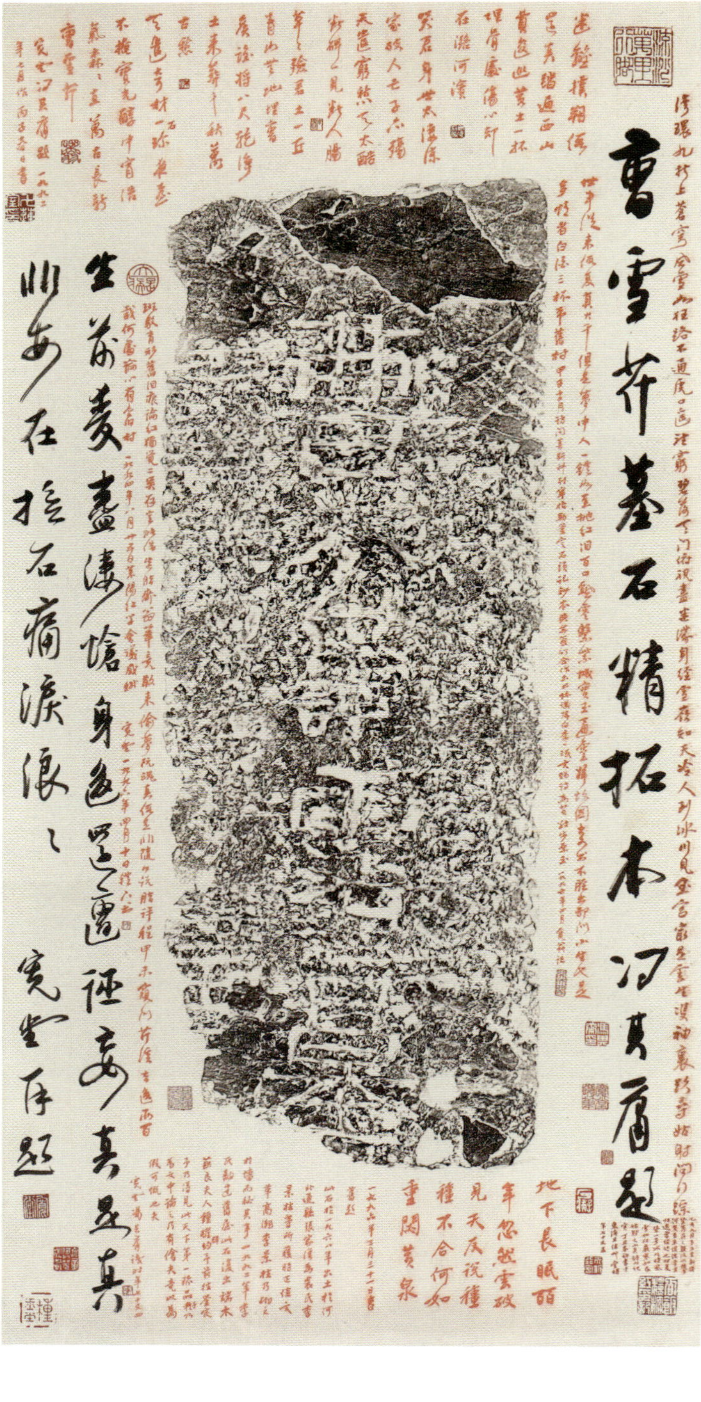

馮其庸題曹雪芹墓石拓本

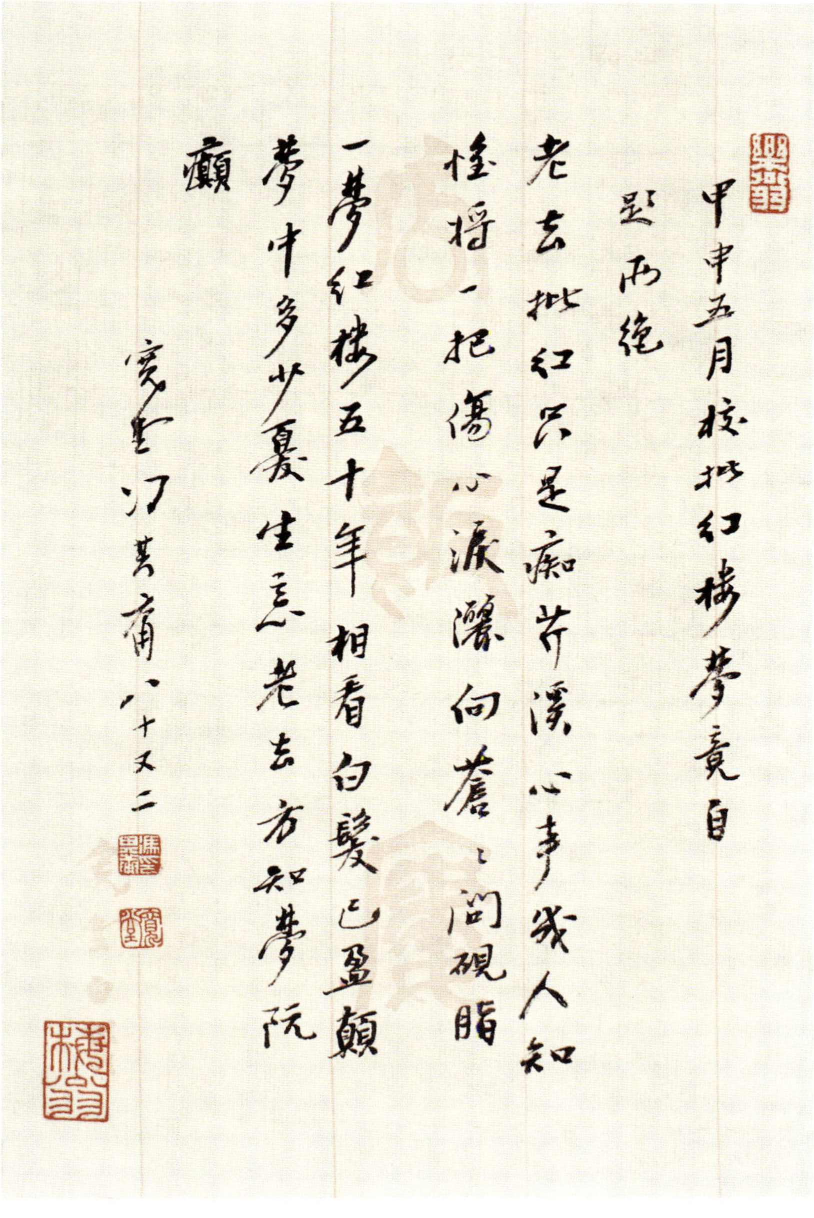
甲申五月校批紅樓夢竟自
題兩絶
老去批紅只是癡芹溪心事幾人知
悵將一把傷心淚灑向蒼蒼問硯脂
一夢紅樓五十年相看白髮已盈顛
夢中多少憂生意老去方知夢阮
顛
寬堂 馮其庸 八十又二

馮其庸自題批紅詩

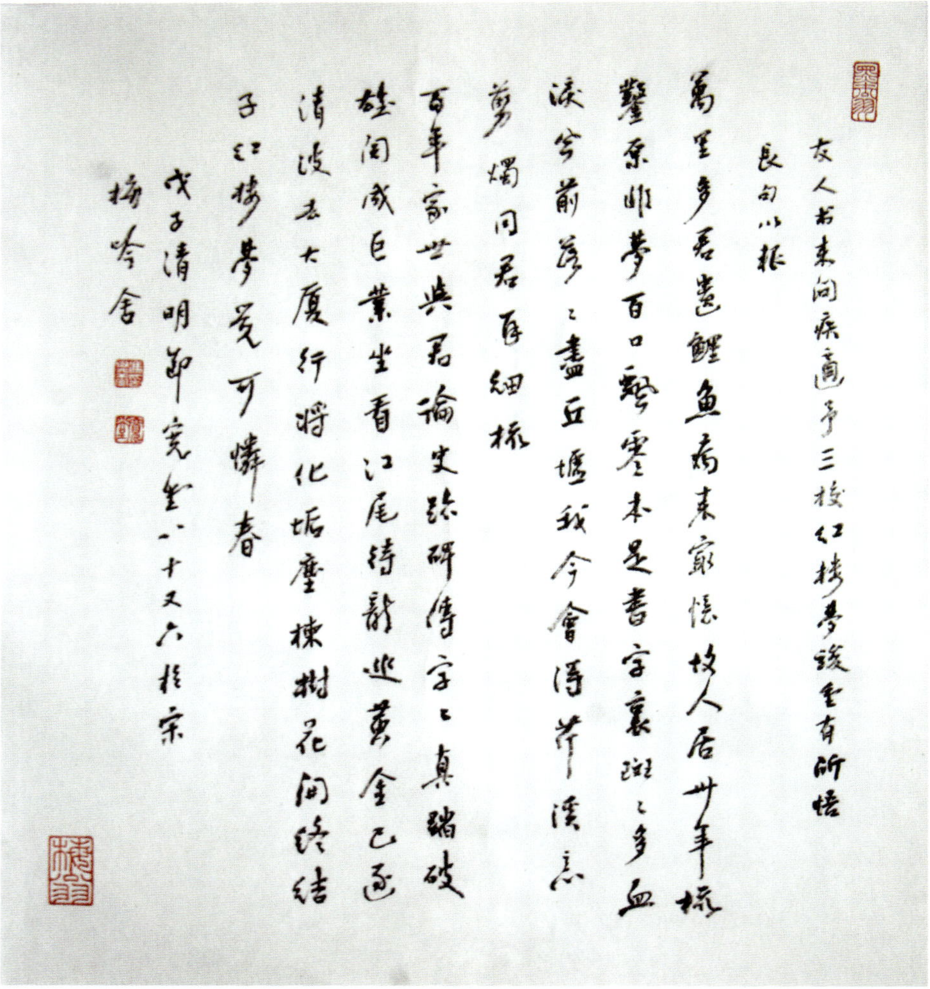

馮其庸題《紅樓夢》詩二首

自題解夢集

世年解夢夢亦真　深我應相逢夢裏人歟

六十年夢中客　不知是儂還是真

十年浩劫逃生未死　人又何妨紅樓證死生

悟到詩仙春夢意　何須辛苦辨一修

丙戌歲不畫三百　寬堂作華

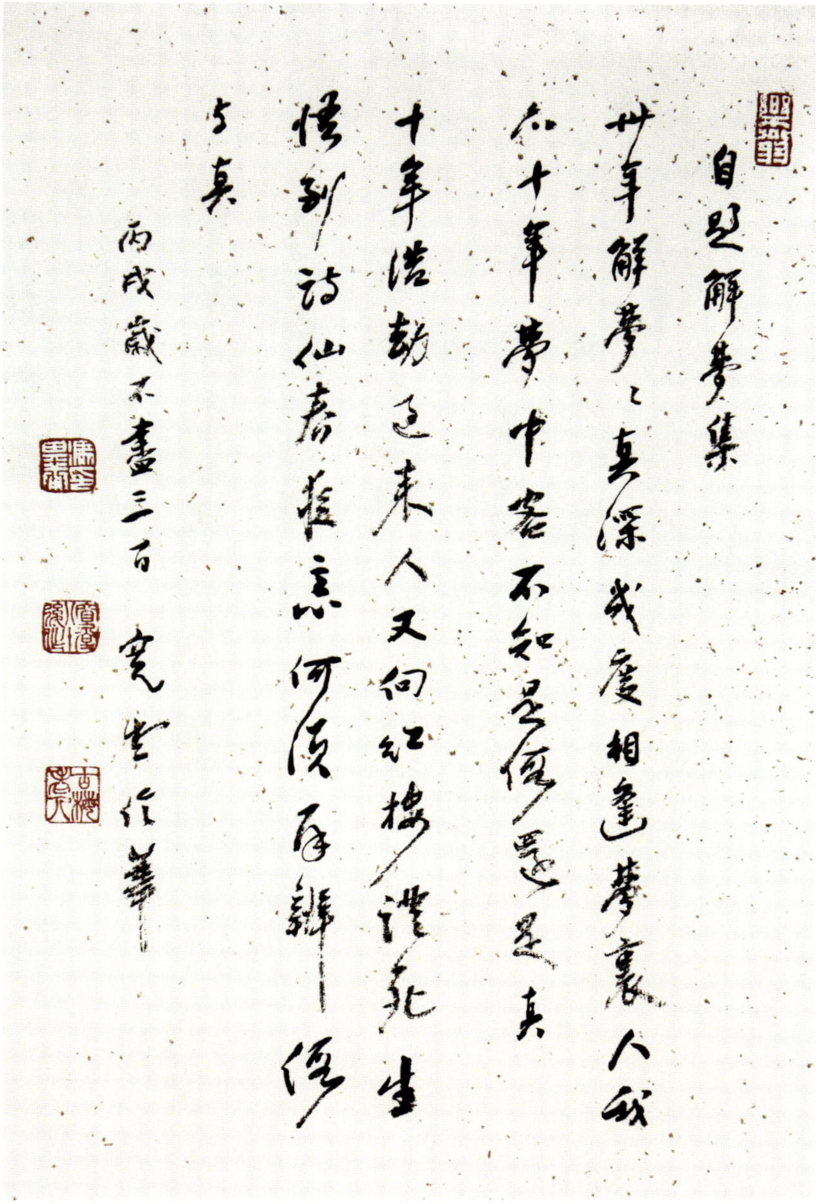

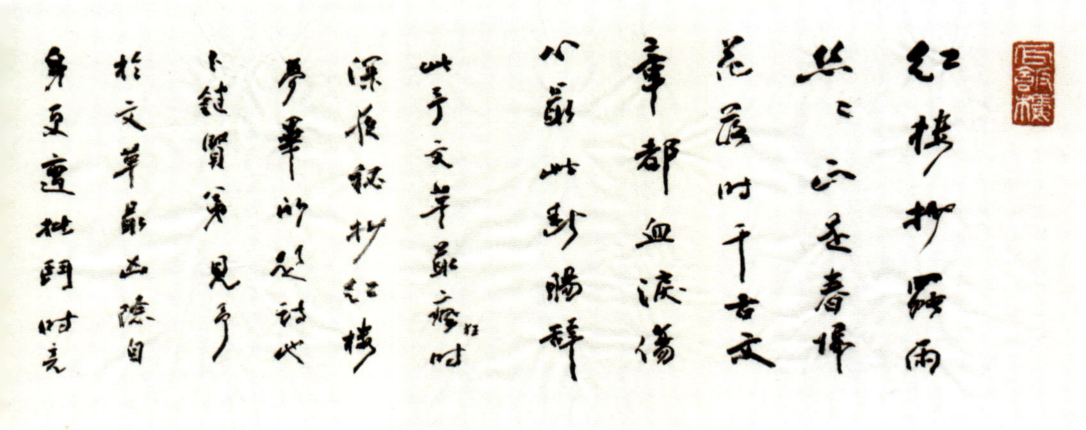

馮其庸題《紅樓夢》詩贈卜鍵

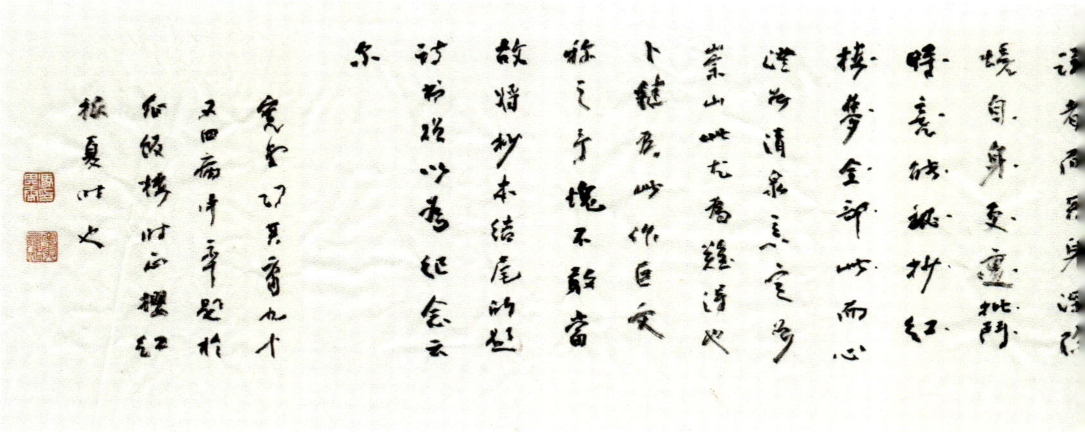

故將抄本結尾的題
詩抄錄以為紀念云
爾
寬堂時年九十
又四病中率題於
瓜飯樓時正櫻紅
綻夏時也

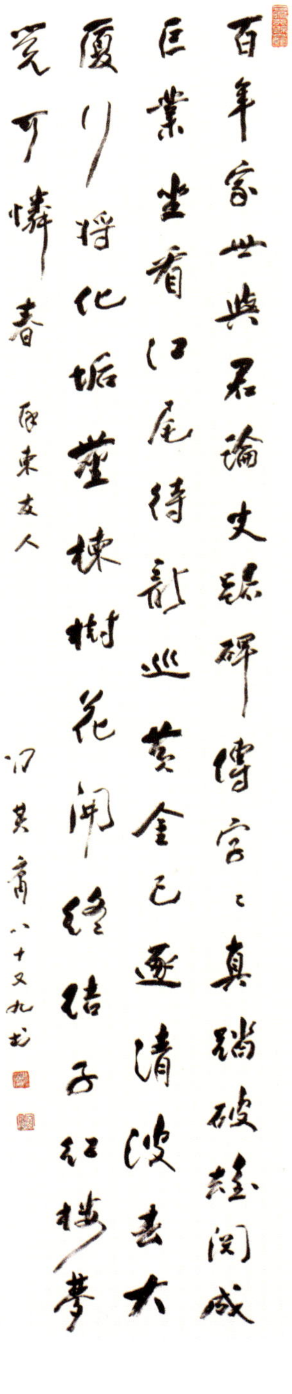

馮其庸題曹雪芹家世詩贈友人

馮其庸與葉聖陶老（右二）和陳從周先生（右一）

馮其庸與錢仲聯先生

馮其庸與啓功先生

馮其庸與周紹良先生

二〇一二年五月馮其庸與李希凡先生（左）

二〇一一年一月馮其庸與葉嘉瑩先生

馮其庸與吕啓祥先生

馮其庸與譚鳳嬛

馮其庸與紀峰

馮其庸工作照

馮其庸山水册頁《還山集》之四

馮其庸題譚鳳嬛畫《紅樓夢》人物

序

在馮其庸先生誕辰百年之際，馮幽若女士輯録的《馮其庸紅學詩詞草》由中華書局出版，這是對馮老最好的紀念。

翻閲馮老這些「詠紅詩」，不禁感慨萬千。人們都知道馮其庸先生是蜚聲中外的大紅學家，或許是因爲他在紅學方面的成就太突出了，以致掩蓋了他在許多方面的造詣。殊不知，馮其庸先生更是一位知識淵博、興趣廣泛的學者，一位才思敏捷的詩人，一位堪稱一流的書畫家。除多部紅學著作外，他還出版有戲曲論文集、古典文學論文集、散文序跋集等等。三十三卷《瓜飯樓叢稿》，一千七百萬字的著述，展現了馮老非同尋常的成就，説他著述等身，學富五車，并不是誇大之詞。今天像馮老這樣知識淵博、胸懷若谷、視野遠大、多才多藝的學者真是不多了。

馮其庸先生是一位真正的詩人，他的「詠紅詩」正是他喜愛《紅樓夢》、研究《紅樓夢》心路歷程的生動展現，是新時期紅學發展歷程的重要記録。從一九六八年六月十二日凌晨他抄畢《石頭記》庚辰本而寫下「紅樓抄罷雨絲絲。正是春歸花落時。千古文章多血淚，傷心最此斷腸辭」，到一九八五年喜聞《石頭記》列藏本回歸祖國而敬步李一氓先生詩韻「世事從來假復真，大千俱是夢中人」；從一九八六年哈爾濱國際《紅樓夢》學術研討會上的感賦「大哉紅樓夢，浩蕩若巨川。衆賢欣畢集，再論一千年」，到一九九二年題曹雪芹墓石而發出的「草草殮君塚一丘。青山無地掩曹侯。誰將八尺乾净土，來葬千秋萬古愁」，等等。讀這些詩，我們感受最深的就是兩个字「深情」，有馮其庸先生對友人的深情，也有對親人的深情，還有對《紅樓夢》和曹雪芹的深情。二〇〇四年五月，已是八十高齡的馮其庸先生校評《紅樓夢》罷，不禁心潮澎湃，寫下了這樣的絶句：「老去校紅只是癡。芹溪心事幾人知。惟將一把傷心淚，灑向蒼蒼問硯脂。」今天，我們每每讀起這些詩句，無不感受到馮其庸先生的《紅樓夢》情結正是一卷紅樓萬古情。

除「詠紅詩」外，馮老還寫過許多其他題材的舊體詩，尤其是他的紀行詩，寫得氣勢磅礴，痛快淋漓，令人心胸爲之一暢。例如一九九〇年十一月到武威北面的騰格里大沙漠中調查新發現的漢代古城時，他賦詩云：「大漠孤城雁字橫。紅河東去杳無聲。漢家烽火兩千載，我到沙場有餘温。」隨後當他在風雪中登上嘉峪關城樓時，又賦詩一首：「天下雄關大漠東，西行萬里盡沙龍。祁連山色連天白，居塞烽墩接地紅。滿目山河增感慨，一身風雪識窮通。登樓老去無窮意，一笑揚鞭夕照中。」

馮其庸先生不僅詩寫得好，而且能書善畫。他畫的青藤、花卉，兼有吴昌碩、齊白石的風格。他畫葫蘆、葡萄，更是一絕。劉海粟老人稱贊馮其庸先生的畫「全是青藤筆意，此詩人之畫，學問人之畫，氣質不同，出手就不凡，故不與人同也」。馮其庸先生的書法、繪畫被稱爲文人書畫的代表，尤其他的畫運古入新，自出新意，而且往往是詩、書、畫融匯一體，堪稱上品。他的書畫已多次在國内外展出，并被許多博物館珍藏。

説到馮其庸先生的書畫成就，不能不提他與劉海粟大師携手繪丹青的一段佳話。一九九三年十一月，馮其庸先生率團赴香港舉辦《紅樓夢》文化藝術展，十一月四日傍晚，在劉海粟老人的家中，兩位學術界和繪畫界的巨擘相聚在一起。在一番熱烈的交談之後，興致很高的海粟大師拿出一幅尚未完成的水墨牡丹，隨即用墨蘸水，將牡丹畫得淡雅大方，高貴挺拔，接着又揮毫題詩一首：「清露闌干晚未收，洛陽名品擅風流。姚黄魏紫渾閑見，誰識劉家穿鼻牛。」馮其庸先生應大師之邀，亦在畫上題詩一首：「富貴風流絶世姿，沉香亭畔倚欄時。春宵一刻千金價，睡起未閑抹胭脂。」海粟大師對馮其庸先生的詩連聲稱贊。隨後，馮其庸先生乘興畫了一幅墨松，只見他揮動特大的羊毫，一棵蒼勁的松樹出現在人們眼前，他又用元好問「秋風不用吹華髮，滄海横流要此身」爲題句，將此畫作爲祝賀海粟大師百歲大壽之禮。海粟大師看了馮其庸先生的畫和題句非常激動，提出與馮其庸先生共同畫一幅墨葡萄。首先由馮其庸先生畫一株大葡萄藤，海老接筆在葡萄藤上加枝添果，整幅畫渾然一體，絲毫看不出是兩个人的手筆。畫完後，海粟老人又在畫上題：「潑墨葡萄筆法奇，秋風棚架有生機」，兩人鄭重地蓋上了「劉海粟印」「曾經滄海」「馮其庸印」「十上黄山絶頂人」四方印章。紅學大師與國畫大師合畫「墨葡萄」在香港一時傳爲美談。

記得有一年在中國美術館舉辦馮老的書法、繪畫和攝影展覽，那次啓功先生去了，徐邦達先生去了，大家無不贊嘆馮老的才華和成就。當人們看到八尺大幅山水畫時，無不驚嘆。人們都知道馮老擅長畫葫蘆、潑墨葡萄、花籃，很少見到馮先生的山水畫，更别説這麼大尺幅的山水畫了。記得他對我説過，展覽之前，他曾把展品的照片給啓功先生看，啓老看後，极爲贊賞。但啓老发現馮老的畫展多是花籃、葫蘆和潑墨葡萄等作品，山水畫比較少，尤其没有大幅山水畫。啓老説，在中國美術館搞這麼大的展覽，没有大幅山水畫是很難鎮得住的。他深知馮老的藝術才華，知道馮老多次去新疆考察，對那裏的山水有着非同尋常的感受和熱愛，還拍了那麼多照片，所以，他相信馮老能畫好大幅山水畫。馮老覺得啓老的意見非常重要，據説他整整用了四個月的時間畫大幅山水畫，當他把作品拿出來的時候，人們無不贊嘆他創作的大幅山水畫氣勢宏大，意境高遠。李希凡先生對我説過，馮老的身上有一種精神，有一股勁兒，做什麼事情，都能做出成就來。這靠的是勤奮加天分，靠的是一種像玄奘取經那樣百折不撓的精神。而像他這樣能詩、能書、能畫、能攝影更能搞研究，而且研究領域開闊，并都能做出突出成就，今天能有幾人？正如國學大家錢仲聯先生《題馮其庸教授書畫攝影展》一詩所述：「紅學專門衆所宗，畫書攝影更能工。何人一手超三絶，四海堂堂獨此公。」

馮老去世以後，我應媒體的要求，寫了几篇悼念馮老的文章，在談到馮老治學成就的時候，提出馮老是新時期紅學第一人。或許有人會質疑這樣的提法合適嗎，畢竟新時期紅學與馮老比肩的大家還有幾位，但我反復斟酌，還是堅持這個提法。

馮其庸先生是我極爲崇敬的師長，是我多年的老領導，也是我走進紅學領域的領路人。四十多年來，我有幸追隨馮老左右，受益匪淺。他淵博的知識，開闊的胸懷與視野，嚴謹的治學態度和百折不撓的精神，都對我有很大的影響。幾十年來，正是在馮老的教育、培養下，我才逐漸成長爲一個研究《紅樓夢》的學者。回想幾十年裏追隨馮老左右的時光和經歷，我更加懷念遠去的馮老。

我們在紀念馮老誕辰百年的時候，都有一個共同的感受，就是馮老不只是一位學術成就豐富的學者。無論是大國學概念的提出，還是對玄奘歸國古道的考察，以及主持重大的紅學工程，他都表現出開闊的胸懷和視野，很有大家風範。特别是他的學術報國、不忘初心的家國情懷，表現得十分鮮明。他做事、作文，不是爲了個人的名利，而是懷着一種使命感、責任感。爲天地立心，爲生民立命，爲往聖繼絶學，爲萬世開太平，馮老就是這樣一個心胸開闊、視野遠大、具有强烈使命感的文史大家。在馮老身上體現出的這種胸懷和精神，是极爲可貴的，也是我們今天需要學習和繼承的。馮老是一個大寫的人，他爲我們留下了巨大的精神財富。今天，我們紀念馮其庸先生誕辰百年，不僅僅是表達對馮老的緬懷，更是爲了進一步認識馮老，研究馮老，學習和繼承馮老留給我們的豐厚遺産，爲弘揚中華民族優秀傳統文化，爲推動學術的深入發展，爲繁榮社會主義文化藝術，做出我們的努力和貢獻。

是爲序！

張慶善

二〇二四年十月二日

於北京朝陽區方家村

目録

詩作

詞草·對聯

詩作

一九六八年（戊申）

一九六八年六月十二日凌晨抄畢《石頭記》庚辰本全書，率題一絶

紅樓抄罷雨絲絲。正是春歸花落時。
千古文章多血淚，傷心最此斷腸辭。

一九七四年（甲寅）

香山訪曹雪芹遺址　三首[一]

千古文章未盡才。江山如此覓君來。
斜陽古道煙村暮，何處青山是夜臺。

秋風紅樹舊庭園。剥落粉墻餘讝言。
影裏蚓蛇誰寫得，依稀猶識抗風軒。

一月九日

窮途落拓到山村。青眼高歌有二敦。
呵筆問天天欲墮，滿庭黃葉閉柴門。

注釋

〔一〕此三詩爲一九七三年秋天作，未記日期，日記上記在一月九日，故暫置於此。

一九八〇年（庚申）

參加美國威斯康辛大學《紅樓夢》國際學術研討會，歸程機中口占 二首

六月

暫上西天喜重回。夢多湖畔勝會開。
多情詞客如相問，也是青埂峰下來。

與君萬里喜同行。一話芹溪意氣生。
二百年來多少事，話到情深忘夜深。

一九八二年（壬戌）

尋夢

五月八日

尋夢到揚州。煙花四月稠。荒園撫殘石，廢寺仰層樓。
風流當日事，凄斷百年愁。古今情不盡，大江日夜流。

一九八五年（乙丑）

《石頭記》列藏本歸京，李一氓丈詩來祝賀，敬步李老原韻

四月一日

世事從來假復真。大千俱是夢中人。
一燈如豆拋紅淚，百口飄零繫紫城。
寶玉通靈歸故國，奇書不脛出都門。
小生也是多情者，白酒三杯吊舊村。

附李一氓丈原玉　題《石頭記》鈔本

淚墨淋漓假亦真。紅樓夢覺過來人。
瓦燈殘醉傳雙玉，鼓擔新鈔叫九城。
價重一時傾域外，冰封萬里識家門。〔一〕
老夫無意評脂硯，先告西山黄葉村。

注釋

〔一〕識，一作「認」。

貴陽一九八五年全國《紅樓夢》學術討論會感賦　三首

十月十七日

萬里長風到築城，青山緑水處處春。
更添一部紅樓夢，千載風流説後人。

塞北天南萬里程，紅樓一卷細論評。
金釵十二從頭説，恨不九泉起雪芹。

天公著意接佳賓，十月麗陽貴似金。
多感山城賢地主，殷勤醉我鴨溪春。

題貴州省京劇團盧小玉主演《紅樓二尤》二首

一曲紅樓腸斷聲，二尤身世最酸辛。
古來多少寒門女，半是鴛鴦劍下人。

鶯聲嚦嚦意還新。前後二尤稱絶倫。
最是吞金横劍處，滿堂清淚落紛紛。

一九八六年（丙寅）

哈爾濱國際《紅樓夢》研討盛會，群賢畢至，妙義紛呈，感賦古體詩三章，敬呈與會諸公郢正

六月

大哉紅樓夢，浩蕩若巨川。衆賢欣畢集，再論一千年。

鬱鬱壘塊恨，悽愴木石緣。此情豈有極，萬古作心傳。

赫赫如椽筆，古今得幾人。青史三千載，唯有曹雪芹。

丙寅六月，哈爾濱國際《紅樓夢》研討會，省委宴請與會代表，即席口占

江城兩度話紅樓。四海佳賓共一甌。
多謝殷勤東道主，百年還憶故曹侯。

題陳愛蓮主演林黛玉、賈寶玉夜讀西廂舞蹈有感 二首

紅樓一曲斷腸聲，難得陳蓮解意人。
舞到西廂賞曲處，兩情真個是卿卿。

妙步輕旋似落花。羅衣飄颻即天涯。
纖腰那更臨風舞，春雨梨花一樹斜。

題劉旦宅畫《黃葉村醉酒圖》

黃葉村中一醉侯。千杯吸盡未消愁。
腰間更有如椽筆，寫出古今天地秋。

哭吴世昌先生　四首

九月三日夜二時草，時聞噩耗後數小時也。

傳來噩耗忒心驚。夢幻迷離怕是真。
忽憶春前同語笑，照人肝膽即先生。

高樓猶記識荆初。[二]披膽相傾各皎如。
意氣由來重一諾，校紅七載未曾疏。[三]

從來世路最崎嶇。誤中弈羅喜螯蛛。
自有文章光萬丈，千秋猶作夜光珠。
翰墨追隨老伏波。[三]紅壇尚欲仰琱戈。[四]
誰知摧折南山樹，使我長宵淚似沱。

注釋

[一] 文革前數年，先生曾枉顧，余居五層樓，先生竟爾攀登，蒙贈詩文，傾談移日，此情猶在目前。

[二] 先生曾任《紅樓夢》校注組顧問，前後七年，未曾中輟。

[三] 昔黃山谷自稱「翰墨場中老伏波」，意謂文壇老將也。

[四] 琱戈，刻鏤之戈。

一九八八年（戊辰）

贈王少石

十年辛苦刻紅樓。一石磨成歷幾秋。
獨有癡人王少石，大荒山下待曹侯。

四月六日

題林黛玉

花魂不是是詩魂。點點湘江舊淚痕。
冷月孤芳清到骨，前身合是楚靈均。

五月十七日

題香菱

靈犀一點通詩心，卿本靈山會上人。
悟到依依墟裏語，千金好句夢中尋。

題揚州紅樓宴

天下珍饈屬揚州。三套鴨子燴魚頭。
紅樓昨夜開佳宴，饞煞九州饕餮侯。

十一月十四日

一九八九年（己巳）

奉乞劉海老作《瓜飯樓校紅圖》

四月一日晨起

多公有筆大如椽。爲乞紅樓夢斷篇。
二百年來無敵手，海翁芹圃兩神仙。

一九九〇年（庚午）

奉謝朱屺老、劉海老、侯北人諸公爲作《瓜飯樓校紅圖》

廿載校紅事已癡。個中甘苦阿誰知。
多公一幅名山畫，持向蒼蒼問硯脂。

校八家評批《紅樓夢》自題

年來老眼已漸花。看字飛蟲黑影遮。
一語校成浮大白，風前落葉忽新加。

爲楊憲益老送杜康

世事浮雲蒼狗幻。浩然孟叟地天間。
杜康我有公休怕，萬疊愁峰只等閒。

五月九日

一九九一年（辛未）

贈美洲余英時兄

與君同學復同心。萬里秋潮共月明。
憶得威州剪燭夜，一夢紅樓又十春。

題許家立製大觀園模型　二首

名園今日喜重新。費盡許郎一寸心。
從此簪花鬬草日，幾回重解石榴裙。
可是春深四月天。落紅似海愁如煙。
一抔香塚花能葬，可奈春愁草芊芊。

題呂啓祥《紅樓夢會心録》

開卷十年此會心，羡君真是解紅人。
文章千古憑誰説，豈獨傷心是雪芹。

一九九二年（壬申）

題朱淡文《紅樓夢研究》

海外飛來問石書。相看字字作璣珠。
十年辛苦何人識，持向蒼蒼問硯脂。

題曹雪芹墓石　四首

哭君身世太凄涼。家破人亡子亦殤。
天遺窮愁天太酷，斷碑一見斷肝腸。
草草殮君塚一丘。青山無地掩曹侯。
誰將八尺乾淨土，來葬千秋萬古愁。

七月廿五日

天遣奇材一石珍。夜臺不掩寶光醇。
中宵浩氣森森直，萬古長新曹雪芹。
迷離撲朔假還真。踏遍西山費逡巡。
黄土一抔埋骨處，傷心却在潞河濱。

一九九二年十月，予在維揚舉行國際《紅樓夢》研討會，與同人登金焦二山，過北固樓感而成章

論紅來上北固樓。四海佳賓共一秋。
萬里長江波浪闊，諸公詩筆自悠悠。

謝西園主人紅樓宴

十月維揚故國秋。滿堂佳客説紅樓。
多情最是西園主，盛席華筵宴未休。

再題曹雪芹墓石　二首

身前受盡悽愴。身後還遭誣妄。
真是真非安在，撫石痛淚浪浪。

地下長眠晅年。忽然雲破見天。
反説種種不合，何如重閟黄泉。

十二月五日

一九九三年（癸酉）

題譚鳳嬛烙繡《大觀園女奴圖》二首

八月廿四日

命弱如絲色似花。傷心却入五侯家。
癡情寶玉情癡絶，空許籠雛到海涯。

生小小嬛覺慧多。自將鐵筆繡煙蘿。
曹衣吴帶今重出，十二金釵照洛波。

題上海越劇院演《焚稿》

十一月二日晚於香港

瀟湘竹影晚沉沉，娲盡爐煙未斷魂。
飛起紙灰和血淚，猶聞隔院笛簫喧。

一九九四年（甲戌）

題譚鳳嬛烙繡《紅樓夢》

紅樓曲斷杏花天。夢裏相逢一繾綣。
夢到情真意切處，卿卿低喚已茫然。

三月廿五日

題譚鳳嬛烙繡《壽怡紅群芳夜宴圖》

良夜迢迢可奈何。滿天好月映花多。
群芳特地開佳宴，公子歡情醉顔酡。

讀楊向奎、劉潤爲、王家惠紅樓新論，謂《紅樓夢》非曹雪芹作，乃豐潤曹淵所作，讀後慨然有賦 一首

讀罷新論意不平。才人自古總零丁。[一]
紅樓一卷聲天下，竟有人來換姓名。
一卷紅樓萬古情。天荒地老此長庚。
何人却學東方朔，不竊蟠桃但竊名。

注釋

[一] 總，讀仄聲。

—讀楊向奎、劉潤爲、王家惠紅樓新論，謂《紅樓夢》非曹雪芹作，乃豐潤曹淵所作，讀後慨然有賦二首

臺灣甲戌《紅樓夢》研討會喜晤周策縱、唐德剛兩兄感賦有呈

六月十二夜

一夢紅樓十四年。威州猶覺是前天。
策翁未老唐翁少，更讀紅樓續舊箋。

六月十三日遊臺北南園，車中策縱兄賦詩索和，即依原玉

故國紅樓到海邊。論紅何止一千年。
人書俱老天難老，更有佳章待後賢。

南園午宴，策縱兄即席賦詩索和，即次原韻

南園修竹舊知名，未到山前已碧青。
賴有詩翁周策老，高吟一路催詩成。

題杭州丁雲川藏李爾棨書《紅樓夢》百詠

九月廿二日

李爾棨自署小長蘆畔，則鄰近竹垞翁，時在道光辛丑，距雪芹之逝已八十年矣。

銀箋細字寫紅樓。百載誰遺萬古愁。
聞道芳鄰詞賦客，康乾原本舊風流。

一九九六年（丙子）

題哈爾濱紅學會

江城幾度話紅樓。滿眼青山未白頭。
雪地冰燈新境界，〔三〕烹雞炙鹿舊嬉游。
宏論四海佳賓集，妙義千層細細求。
但使微茫能獨見，何妨名列第三流。

二月一日

注釋

[一] 哈爾濱今冬無雪，冰燈之雪皆從外地運來。

哭蔣和森　四首

四十年前解夢時。新箋初罷即相疑。
孤燈夜半商量後，深巷月斜獨自歸。
論玉一篇初問世。洛陽紙貴憶當時。
千金何老雕龍定，從此蔣郎是硯脂。

雨暴風狂六月初。神州一夜盡焚書。
才人千古窮途哭，楚澤行吟屈大夫。
聞君卧病欲探君，忽傳噩耗淚滿巾。
千古文章才未盡，九泉先報曹雪芹。

一九九六年五月廿七日於德國南部馬克沃勃道夫城（Marktoberdorf）
音樂學院，五月卅日改定於海德堡大學

痛悼端木蕻良先生 三首

端木老是著名作家、著名紅學家，著有巨著《曹雪芹》，已風行天下。與端老處，有春風之和，有冬日之暄。前時尚聞病有好轉，忽然噩耗傳來，如聞驚雷，詩以哭之，藉作山陽之笛。

二吴送罷忒傷情。又送端翁只喑聲。
紅事紛紛期卓定，如何一夢不回程。

雪芹半部傳天下，四海同人拜德薰。
可是九泉曹夢阮，與公相約訂遺文。
相與研紅二十年。高風共仰我公賢。
虛懷直似淩雲竹，一片春陽玉藴煙。

題遼陽藝術節

年華逝水屬青春，妙舞翩躚動舊京。
一曲紅樓情未了，他年再續石頭盟。

九月十四日

一九九七年（丁丑）

九七國際《紅樓夢》研討會，周策翁以大詩「曹紅」見示，宋謀瑒兄依韻奉酬，予亦追陪其後，聊志勝概而已

八月九日於北京飯店

皕年佳會紅樓夢，回首滄桑倍愴神。
喬木世家無剩迹，荒塚短碣有遺真。
奇文四海爭研析，怪事九京出有因。
願與諸公勤著述，一篇聊以慰秋磷。

九七北京國際《紅樓夢》研討會贈傅克誠書記

八月十三日

一夢紅樓二百春。重來已是隔年人。
感君意氣濃於酒，厚誼高情比赤金。

一九九八年（戊寅）

自題瓜飯樓校紅硯

十月二十八日

此硯爲圓形，五色石，邵春風製贈，今不得春風資訊已一年，賦此不勝悵悵。

團圞一輪海上月，中有玉兔搗靈藥。
畫欄桂樹發秋香，詩魂鶴影兩清絶。
研硃且續脂齋翁，黛夢釵痕俱惻惻。
終古蒼蒼有至情，千秋萬世芹溪筆。

題寧波梁祝公園

梁祝姻緣舊，紅樓歲月新。
百年終暗夜，寥落幾辰星。
化蝶原思綺，焚稿亦愴神。
今朝新世紀，蝶夢栩栩真。

十二月六日

二〇〇〇年（庚辰）

題吴新雷、黄進德兩教授合著《曹雪芹江南家世叢考》二首

三月廿六日

新書讀罷意加親，事事曹家歷歷明。
三百年來多少謎，兩公巨筆一澄清。

百年紅學亦紛綸。幾個書生樂苦貧。
皓首窮經非易事，江頭又見絶癡人。

感事

四月五日

有人謂《紅樓夢》脂本盡是僞造，言之振振，糾纏不已，因作纏藤圖，並繫以詩。

世事撩人夢不成。參横斗轉已三更。
荒唐滿紙憑空造，燕説郢書數此能。
天下從無邪道立，人間亂後即正聲。
十分糾纏休去解，留與先生好寫真。

悼鄧雲鄉

水流雲逝人安在，一尺遺書繫我心。
多少京華夢裏事，天涯何處覓知音。

十一月廿四日

二〇〇二年（壬午）

尋夢

紅樓一夢不知年。夢裏尋他眼欲穿。
尋到幽微靈秀地，繁霜不覺已盈顛。

八月二十四日

二〇〇三年（癸未）

題《尋夢集》

六月六日

卅年尋夢到侯門。尋到三生石上魂。
解道無中原是有，何須著墨費争論。[一]

注釋

[一] 予研紅樓抄本，證實己卯本是怡親王府抄本，爲紅學界所公認。一九六八

年，張家灣農民李景柱發現曹雪芹墓石，未敢公開。一九九二年出此石，請予鑒定。予諦觀絶無可疑，的爲雪芹葬物，後史樹青、傅大卣諸先生往考，皆定爲真無可疑者，社科院劉世德、鄧紹基、陳毓羆諸君亦一致認同。今此石存通州區張家灣博物館，予得其拓本，上海謝稚柳、唐雲、潘景鄭、徐定勘、周退密諸公均有題詠。因此石上有「壬午」署年，與其所主雪芹死於「癸未」説有礙，故有人硬説此石是僞造。

題重印甲戌本

六月十三日

殘墨飄零到海隅。滄桑劫後問何如。
河間君子鴻痕在，更喜當年一紙書。[一]

注釋

[一] 予得劉銓福跋唐明皇求道金簡拓本。劉銓福，甲戌本原藏主也。

再題一絶

六月十四日

半世飄零到海西。故家喬木路萋迷。
一從靈石歸來後，鴻爪漸漸辨雪泥。

枕上又題一絶

百年紅學路正迷。古本燦然别一蹊。
多謝脂翁來指點，漫漫長夜一聲雞。

六月十五日

再題甲戌本，感雪芹身世而作也

硒年身世兩茫茫。留得傷心墨數行。
千古不磨心底血，洪荒萬劫斷人腸。

海英爲予排印《評批〈紅樓夢〉》，困難重重，詩以勉之

七月十五日

風雨艱難感素心。由來絶巘苦攀尋。
爲君一語先論定，百尺峰頭到碧岑。

題易水紅樓硯

補天遺石鏨紅樓。一部紅樓返石頭。
鬼斧神工何處有，蕭蕭依舊易水流。

七月十五日

讀某君論《紅樓夢》文章感賦

八月二十五日

一夢紅樓萬衆趨。幾曾解夢到靈樞。
我今探得桃源路，却道秦人是誤區。

題俞平伯老詩卷　二首

當年猶記拜程門。跣足扶墻笑語騰。
盛説梓翁園冶好，大觀園倩再重論。〔一〕
平翁一去十三年。重睹遺篇思黯然。
太息秦州詩句好，依稀猶是亂離篇。

十月三十日

注釋

[一] 陳從周兄別號梓翁，治古典園林著名於世，與予同往。

哭夢茗師　十首

十二月八日

自十二月四日下午二時得知夢茗師去世消息後，病中身痛（予患帶狀疱疹）心痛，轉輾不已。積數日，乃爲悼詩十章。今病略減，稍加序次，不敢云詩，長歌當哭而已。

噩耗傳來慟失聲，茗師從此隔音塵。
程門六十年間事，回首滄桑淚滿巾。

日寇初降舉國歡。苕師接我五湖干。
焚香先作深深拜，從此先生刮目看。

艱難文革可憐年。換米攜將陸子箋。
我與苕師勤擘畫，終留全集到人間。〔二〕

文革將收又評紅。姑蘇再拜夢苕翁。
先生指點瑞雲石，此是曹家舊影蹤。〔三〕

天荒地老覓梅翁，石壁山前得舊塚。
我與苕師同展拜，新詞一闋祭詩雄。〔三〕

去歲苕師患惡症，三天住院即回程。
誰知徹夜揮詩筆，賜我長歌氣峻崚。〔四〕

今歲苕師病益深。秋間相見淚涔涔。
誰知此別竟長別，噩耗傳來涕滿襟。

歸去茗師天地哀。江山從此失奇才。
孟公一去蔡州慟，五百年間不再來。

茗師歸去天地秋。萬木無聲只低頭。
我識天公悲切意，長才如此不可求。

茗師去矣萬心春。花圈白幡接素龍。
恨我京都纏病榻，南天淚雨送吾公。

注釋

〔一〕文革中先生生活困窘，寫信給我欲賣掉他箋注的《陸放翁全集》稿，我勸他萬萬不能賣，終於保存了此稿，今已出版。

〔二〕原蘇州織造府花園中有瑞雲峰，是曹家故物，今尚存，由先生帶領我去參觀。

〔三〕吴梅村墓予於十數年前考得，後加重修，去歲，偕先生展拜，先生作《賀新涼》詞紀實。

〔四〕去歲，先生因癌症手術住院。手術後不數日即堅持回家，竟以一日夜之力，賜我七百字之長詩。

題電視劇《紅樓夢》播放二十周年

十二月

二十年前攝紅樓。天機一片花半羞。
而今重拾秦淮夢，花自爛漫人白頭。

二〇〇四年（甲申）

校評《紅樓夢》罷，率題兩絶

五月十日

老去校紅只是癡。芹溪心事幾人知。
惟將一把傷心淚，灑向蒼蒼問硯脂。

一夢紅樓五十年。相看白髮已盈顛。
夢中多少憂生意，老去方知夢阮癲。

題王蒙《活説紅樓》

清才浩氣屬王蒙。一部紅樓活説通。
往事千年皆正史，心傳一脉古今同。

八月二十五日

二〇〇四年九月五日，飛烏魯木齊，機中悟雪芹撰《石頭記》深意，詩以記之

假語村言夢已荒。途窮阮籍底癡狂。
傷心血淚何人識，豈止幽情痛斷腸。

題紀念曹雪芹逝世二百四十周年揚州國際《紅樓夢》研討會　五首

十月十一日

江城兩度話紅樓。四海佳賓聚一州。
多謝殷勤東道主，紅樓宴罷論曹侯。

紅樓一夢假還真。世事煙雲過眼塵。
只有真情傳萬古，年年歲歲新更新。

紅樓盛宴古今無。陸海山珍亦枉諛。
多謝主人神妙手，一盤茄鯗壓天厨。

紅樓宴好淮揚秋。指點江山覓故侯。
幸有天寧寺仍在，寺前尚有御碼頭。

紅樓一夢夢正長。夢裏曹寅字裏藏。
忽報小金山下路，當年畫石尚留墻。

［二］

注釋

〔一〕此會原定二〇〇二年召開，因非典流行遂改爲今年十月在揚州召開。

〔二〕《紅樓夢》第五十二回「自鳴鐘敲了四下」句，脂批指出是避「寅」字諱。瘦西湖舊有曹寅像碑，後傳説已砌入月觀墻内，至今尚未再見。

二〇〇五年（乙酉）

喜聞甲戌本歸來，賦詩志賀 二首

三月五日

異域飄零五十年。相逢西海一愴然。
何期竟作歸來賦，石返靈山結宿緣。〔二〕

古本斑斕坎坷多。荆山奇璧亦蒙訛。
如今不必和人泣，頑石靈光掃萬魔。〔三〕

注釋

[一] 一九八〇年夏，予在美國威斯康辛大學開會，曾借閱此本一周。

[二] 至今尚有人著書稱甲戌、己卯、庚辰諸古本爲僞書，真妄語也。

哭啓功先生　五首

七月一日夜一時

予與先生交，垂四十年，近十年問教尤多。先生入院前，尚囑人以書贈予，不意竟成永訣。噩耗傳來，痛摧心肝，詩以哭之，不足盡悲懷也。

噩耗飛來慟失聲。啓翁百世隔音塵。
曾經萬劫千難後，從此無陰也無晴。

縱橫畫筆自千秋。字字鍾王萬世留。
一字千金何足貴，神州無處可搜求。
相識平生四十年。問書常到小乘前。
生花妙筆時揮灑，教我勤參筆底禪。
往事如煙似夢中。先生依舊笑談雄。
分明謦欬皆珠玉，誰信今朝轉眼空。

慟哭先生去太匆。萬民都欲仰高風。
從今問字排難日，一炷心香拜淨翁。

七月七日同運天送啓功先生大歸　三首

傷心含淚送公行。從此幽冥隔路程。
夢裏縱然來會見，只怕燈昏認不明。

先生一路須慢行。遇到崎嶇不可驚。
世上風波都歷盡，何愁小鬼再施横。

先生歸去勿匆忙。手裏輕藤莫暫忘。
遇到狂徒須痛打，崎嶇暗徑要提防。

哭周紹良先生　六首

八月二十三日

啓翁哭罷哭周翁。從此文場失二雄。百載原期傳舊業，如今萬事已成空。〔一〕

先生與我舊緣深。六十年前結墨林。難得一回聆雅韻，始知易水有真音。〔二〕

先生與我曾結鄰。恰好東西互對門。
難得樓頭初一見，絮言兩忘計時辰。〔三〕

先生紅學是鵬鶤。兩卷新書育後昆。
到老難忘脂硯事，書來勸我要深論。〔四〕

先生内典忒精醇。與我論談古像真。
話到秦州麥積寺，摩崖大佛尚無論。〔五〕

先生去矣萬般空。南望平疇淚灑風。
往事仍如常日去，傷心從此不重逢。[六]

注釋

[一] 啓翁於六月卅日夜逝世，周翁於八月廿一日夜逝世，相隔僅五十二日。

[三] 上世紀五十年代，周先生與張子高、張絅伯等先生籌組墨會，各出藏墨賞鑒，特邀予與會，予曾數往。後因故停止，然予因此略知墨道也。

〔三〕初，予到京住張自忠路人大宿舍，予與先生長女對門，先生常來，故得時時相見。

〔四〕先生所著《紅樓夢卷》及《紅樓夢書録》（與朱南銑合作）、《紅樓夢研究》嘉惠後學，至今不替。

〔五〕先生是中國佛教協會常務副會長兼秘書長，與趙樸老共事，故精於内典，尤長於鑒定佛像，予曾以金銅佛像照片數十幀請教，先生能確指各像之時代，甚至産地。並爲予述麥積山三大佛，至今尚無人能證其出自何經。

〔六〕先生晚年住京東黑莊户，與予相去甚近，在予南面，而平疇相隔，四圍

緑野，相望而不相接也。予曾多次往訪，歡若平生。先生或時以電話相
通，以慰岑寂。

題董邦達山水畫卷　二首

翰墨東山世已稀。晴窗忽見到精微。
摩挲老眼開卷讀，正是金籠舊雪衣。

聞道芹溪是故知。東山畫筆西山詩。
醉來共作巴山畫，夜雨何妨到曉遲。

十月卅一日

二〇〇六年（丙戌）

讀吕啓祥論秦可卿

紅樓奥義隱千尋。妙筆搜求意更深。
地下欲請曹夢阮，平生可許是知音。

七月三十日

祝二〇〇六年八月大同國際《紅樓夢》研討會 二首

八月六日

平城盛會足千秋。存異求同共一樓。
晒載鎮城碑尚在，紅樓溯古到曹侯。〔一〕

佳會全憑主意稠。宏論連日意綢繆。
梅龍舊曲風華艷，歎絶晉聲第一流。〔二〕

注釋

〔一〕大同市新發現鎮城碑，上有雪芹高祖曹振彦署名。

〔二〕大會餘興演梅龍鎮劇，即當年正德戲鳳故地也。

海外

八月十日

大同開會期間，趙岡兄未來，旋臺灣來人，有東坡海外之謡。予乃電話詢吕啓祥，啓祥即自住處致電趙岡，接電者正是趙岡兄。此謡遂息。

海外東坡誤沓聞，故國舊雨淚縱横。
何期鵲報平安信，風雨漫天萬里晴。

二〇〇七年（丁亥）

題《解夢集》

卅年解夢夢真深。幾度相逢夢裏人。
我亦十年夢中客，不知是假還是真。
十年浩劫過來人，又向紅樓證死生。
悟到詩仙春夜意，何須再辨假與真。

二月十一日

悼陳曉旭　三首

碧海沉沉一彗星。長天劃過半空明。
爲君留得形音在，多謝絳珠一片情。
草草繁華過眼身。夢中影裏盡非真。
如今覓得真香土，永入仙鄉出凡塵。

五月二十六日

也曾爲説石頭經。也到星洲播逸馨。
萬事哪知今日事，開屏掩淚不忍聽。

二〇〇八年（戊子）

啓祥自美來書問疾，適予重校《紅樓夢》有感，詩以代柬

三月二十七日

萬里多君遺鯉魚。病來最憶故人居。
卅年疏鑿原非夢，百口飄零本是書。
字裏斑斑多血淚，風前落落盡丘墟。
我今會得芹溪意，剪燭同君再細梳。

枕上再題曹雪芹家世，寄啓祥美洲

百年家世與君論。史跡碑傳字字真。
踏破雄關成巨業，坐看江尾待龍巡。
黄金已逐清波去，大厦行將化垢塵。
楝樹花開終結子，紅樓夢覺可憐春。

四月三日

題蘇繡《紅樓夢》人物　三首

金針銀綫繡韡韡，萬縷千絲盡有情。
想到芹溪和淚寫，至今字字尚餘温。
譚畫紅樓十二釵。傳神個個下蘭階。
蘇娘妙繡人人贊，的的金童與玉娃。

四月二十五日

譚畫紅樓妙入神。蘇娘精繡希世珍。
寫真妙手天作合，顧繡觀之要卜鄰。

戊子歲尾感懷

十二月三十一日

轉眼匆匆已歲除。愧無樂事報諸居。
紅樓校録三十卷，家世新編百萬餘。
園裏梅花連理樹，庭前雙岫仰天樞。
百年虬屈藤花老，每到春來滿架珠。

二〇〇九年（己丑）

題庚辰本二十二回末脂批

殘脂剩墨意猶真。百載如同夢阮親。
一部紅樓情似海，大千俱是夢中人。

一月六日

讀王蒙《老子的幫助》

解老論紅盡見真。先生妙悟直通神。
玄玄大道歸無有，造化茫茫只點塵。

一月九日

己丑元夜，重校《十三樓吹笛譜》成，杯酒抒懷

一月二十七日

爆竹聲中報歲除。嚴寒已是暖来初。
窗前梅綻胭脂色，盤裏水仙白玉如。
秉燭丹鉛讎舊譜，舉杯邀月入新書。
夜闌更覺春宵短，要把紅樓再細梳。

題《紅樓夢》薛寶琴懷古詩

二月二十一日夜一時

疑雲疑雨未分明，事出有因終不經。
却怪芹溪嬉筆墨，教人百載夢難醒。

題天鷩峰兼懷曹雪芹

拔地參天第一峰。崩雲墜石落凡庸。
天鷩石破人何識，百代滄桑一夢中。

五月五日

題譚鳳嬛畫《紅樓夢》人物　二首

多君畫裹唤真真。筆底啼鵑見血痕。
君本前生夢中客，曾經冷月葬詩魂。

一部紅樓萬淚痕。誰人識得個中真。
怪君筆底多靈氣，原是紅樓夢裹人。

五月十四日

題譚鳳嬛畫《紅樓詠菊圖》

畫圖人怯瘦腰支。俊秀龎兒惹夢思。
圖罷翻教黄菊妒，滿園秋色爲卿癡。

十月十三日

哭楊憲益老　二首

噩耗飛來地欲崩，幾回相約酒杯盈。
何期天不從人願，使我傷心淚似傾。

論夢從公四十年。尋樓問石酒中仙。
一朝歸去煙雲杳，定在荒崖醉月眠。

十一月二十四日

二〇一〇年（庚寅）

題《紅樓夢》贈南菁中學《紅樓夢》選修班　二首

一夢紅樓細細長。悲歡離合斷人腸。
要知夢裏存真事，家世百年淚萬行。

都道紅樓是哭成。斑斑血淚寫人生。
豈知更有新潮在，思想自由男女平。

讀《紅樓夢》有悟　五首

七月二十六日

百年家世付沉淪。往事斑斑只緘脣。
訴與阮公應會解，詠懷八二寫其真。
紅樓一夢事非真。要待高人識舊因。
百世奇冤千滴淚，等閒只怕化煙塵。〔二〕

齉齉寶玉兩情癡。荳蔻芳華月上時。
悟到三生如夢裏，姻緣木石再無疑。
世事茫茫霧裏花。朦朧何處是天涯。
天涯若在無尋處，撒手懸崖即到家。
一卷紅樓萬古情。天荒地老此長庚。
姻緣木石終難合，啼血杜鵑夜夜心。

注釋

［一］曹家敗落，虧空國帑之罪，實爲千古奇冤。雪芹慮奇冤之難雪，故著此書，此其一也。雪芹懷不世之才，知大厦之將傾，其思想與晚明清初之先進思想通，故於書中亦寓一己之社會理想，凡人生之種種，書中皆及之，看似小説家言，實傷心人語、先覺人語也。

看新版電視劇《紅樓夢》有感

一卷紅樓萬古情。銀屏畫燭聽哀箏。
傷心絶代曹公子，淚盡羅巾夢未成。

九月二日

校《瓜飯樓叢稿》竟，自題一律

校罷叢稿鬢已皤。十年浩劫忍經過。
世間名利真槐夢，天下文章似大河。
九曲黄流終入海，千重翠嶺出雲羅。
天人之際吾何敢，得解微塵恧自多。

九月十二日

二〇一一年（辛卯）

題己卯本

零落紅樓夢半殘。忽從字裏識真顔。
芹溪手澤依稀在，萬世千秋重寶看。

二月二十二日

題庚辰本

奇書散落不知年。更向何方覓斷編。
豈料天從人意願，庚辰一部得其全。

二月二十二日

感　事

滄桑世道百變天。又見聯軍炮火鮮。
科學昌明紅學滅，殺人還説道真全。

三月二十七日

二〇一二年（壬辰）

張行兄以曹雪芹書箱拓本贈予，詩以爲謝

六月五日

張公藏有兩書箱。原是芹溪貯寶章。
世事茫茫難逆料，竟同抄本共流芳。

再贈張行

三十年前一面緣。芹溪書篋永心鎸。
中華絶代無雙璧，憑仗先生得護全。

六月五日

再題芹溪書箱

風雨飄摇一百年。賴公呵護得珍全。
庚辰抄本龍年匣，從此千秋萬代傳。

六月五日

題曹雪芹書箱，上有芹溪名字和乾隆庚辰紀年，經鑒定，蓋即原藏庚辰稿本書箱也

六月十二日

奇書已化億千身，舊篋還存舊淚痕。
最是篋中腸斷句，教人一讀一銷魂。

懷念啓功先生　三首

七月十一日

一別元翁已十年。夢中常憶解夢篇。
牡丹富貴終流俗，怎似靈河絳草仙。
平生好究筆頭禪。常請元翁董百篇。
更愛富春山水好，煙霞滿紙盡天然。

書到鍾王有幾人。元翁巨筆得其神。
瘋魔百代先生跡，紙貴洛陽字字珍。

二〇一三年（癸巳）

壬辰歲暮感事

二月九日

六十京華浪搏身。驚濤起落一溷鄰。[一]
含沙背後有魑魅，[二]射影人前笑語真。
幸有吳公兩郭老，[三]相逢莫逆倍相親。
紅樓重校天緣巧，[四]筆底波瀾入海傾。

注釋

〔一〕一九五六年肅反時，某某人誣予爲國民黨三青團團員，予暗中受審三年，經長期調查，予同班同學人人查到，均言無此事，予冤始白。

〔二〕指某某人。

〔三〕吴公，指吴玉章校長。一九六三年，予主編之《歷代文選》出，得毛主席在中央會上褒獎，吴老是人大校長，聞此爲榮，因召予面談，并以其文集簽名相贈。兩郭老，一指郭沫若，郭老曾因《再生緣》事，予爲供《再生緣》作者陳端生重要材料，郭老因約予長談，并以文集簽名相贈。文革初，予正挨批鬥，郭老特囑周宏興（周去請郭老寫字）傳言問候，實爲安慰之意也。另一郭老爲郭影秋校長，一九八〇年予赴美時，郭校長囑予以教授職銜出國，并説他已正式通知人事處。

［四］一九七五年文化部成立《紅樓夢》校訂組，予之建議也。袁水拍報至中央，迅獲批準。即以水拍爲組長，予與希凡爲副組長，予主管校訂業務，因得由中央借調至校訂組，離開人大。

予自入校訂組後，即以研究《紅樓夢》爲主，前後七年中，予連出《論庚辰本》《曹雪芹家世新考》《漱石集》《夢邊集》等書，皆爲排除校注之困難而作，校訂工作遂得順利進行，至一九八二年完成校注任務，前後七年。李一氓老撰文稱可爲定本。

贈李希凡兄

紅學百年鬧紛紛。胡周俞顧各自云。
是誰能得芹溪意，數來第一屬於君。

三月五日

得希凡來電，知他血糖劇高，今已稍穩，詩以慰之

三月二十一日

相識於今六十年。文章動地筆參天。
老來我亦多愁病，還與故人共雪巔。

雜詩　四首

一

老來長夜不成眠。往事如煙總糾纏。
記得名園山後舫，也曾問字到眉尖。

三月二十八日

二

廿年往事已成塵。夢裏猶存往日真。
記得那年花下路，衣衫人影尚銷魂。

三月三十日夜

三

廿年校讀紅樓夢，解得才人腸斷詞。
傾國文章多血淚，華堂燈彩是衰時。

三月三十日夜

四

廿年共事惜分飛。老去方知別夢稀。
悟到甜酸無味好，澹風和日是天機。

四月二日

贈呂啓祥

憐君才氣世無雙。一卷會心動三江。
寫到情深雙玉意，掩書我亦淚盈眶。

四月八日

啓祥來看園中紅白梅，安年同來，即題一詩

四月十七日

多謝殷勤探古梅。白紅兩色見奇材。
虬枝纏結真神物，千載風雲百劫來。

題譚鳳嬛畫《紅樓夢人物畫集》 二首

妙筆辛勤二十年。紅樓人物個個仙。
欲尋地下曹公子，畫史可曾結墨緣。

畫到薛林紙有聲。鶯鶯燕燕逐隊行。
顰卿一片天真意，寶姐生來是深人。

五月十九日

哭邱華東　二首

六月二十八日

日前忽聞邱華東去世，不勝悲痛，適江蘇紅學雜誌來，刊邱華東寫予文，不勝悲悼，詩以哭之。

傳來噩耗等驚雷。夢想千般豈此災。
一紙雄文方見世，可憐人已去不歸。

論紅曾到舊京城。欲探曹家百世因。
笑語聲中藏血淚，等閑莫作兒女情。

題曹雪芹專刊

珍重珠璣千萬字，梅花竹裏校紅時。
傷心最是曹公子，泣血吞聲寫樂辭。

十二月九日

詞草・對聯

摸魚兒　題《紅樓夢》

二〇〇三年八月三日

最傷心，百年家世，驚風急雨歸去。榮華富貴尋常事，誰道轉眸飛絮。君聽取，老耄矣，冰天雪地還須度。餘生最苦。看插市飄零。凄涼百口，一夜散無據。

平生事，歷歷閨中無數。姻緣木石前許。牡丹雖好終富貴，何况人生殊路。休凝佇。心底血，哀哀夜夜無人訴。歲華欲暮，快把筆挑燈，村言假話，淚寫一生遇。

爲張家灣新建曹雪芹歸夢亭題對聯

二〇一五年（乙未）六月六日

萬古不磨石頭記

千秋永載曹雪芹

後記

今年是我父親馮其庸先生的百年誕辰。年初在翻閲他的《瓜飯樓西域詩詞鈔》時，忽发奇想，父親平生學術研究兩大方向——紅學和國學：在國學方面，爲了研究玄奘，父親曾十進新疆，以詩紀事，留下近百首詩詞，記録了他在西域調研跌宕起伏的經歷，後經柴劍虹先生輯録成册，二〇一六年由中華書局出版；而父親有關紅學的詩詞同樣逾百首，記載了他四十餘年研紅的心路歷程，却從未單獨結集出版，在他百年之際，能爲他輯録出版一册紅學詩集，與《瓜飯樓西域詩詞鈔》一起合成姐妹篇，以盡珠聯璧合之美，並且以這种方式來紀念他的百年誕辰，也是作爲子女的我們能爲父親做的最有意義的事了。

心動不如行動，有了這想法後，我首先聯繫了柴劍虹先生，將最初的想法告訴了他，徵求他的意見，得到了柴先生的首肯和支持。在柴先生的推動、幫助和聯絡下，此書的編輯出版繼而又得到中央文史研究館耿識博司長的關心，最終在中華書局許旭虹主任的決策下，這本詩詞草終於得以面世。在此我衷心感謝柴劍虹先生、耿識博司長以及許旭虹主任的支持和幫助，没有他們的努力，此書難成！

這本《馮其庸紅學詩詞草》以「紅樓抄罷雨絲絲。正是春歸花落時。千古文章多血淚，傷心最此斷腸辭」開篇，輯録了父親從一九六八年到二〇一五年間撰寫的與紅學有關的詩詞聯語逾百首。這些文字或感事或懷人，記録了他四十餘年研究《紅樓夢》和曹雪芹的心路歷程，承載了滿滿的昔日情懷。五十六年前，當父親在那個特殊年代抄寫完《庚辰本石頭記》，寫下上面這首淚乾腸斷、透骨酸心的絶句後，便隨着時代潮流開啓了江西幹校的生活，彼時的他無論如何也未曾料知日後會與「紅」結緣，在紅學研究上一發不可收拾。

隨着一九七八年中國改革開放政策的實施，中國文化走出十年浩劫，也得到了前所未有的蓬勃發展。正是在這種經濟開放、文化繁榮的大環境下，紅學研究得到了長足的發展，而父親作爲這一時期紅學研究的新人，在老一輩紅學家的提携下一路走來，在積年累月爲紅學研究做了大量基礎工作後，自身在此領域也建樹頗豐。他用詩詞的表現形式記載了這一時期紅學研究的重大事件和重要發現，抒發了他對曹雪芹以及《紅樓夢》深研後的領悟和感懷，諸如「紅樓一夢事非真。要待高人識舊因。百世奇冤千滴淚，等閑只怕化烟塵」；又如「廿年校讀紅樓夢，解得才人腸斷詞。傾國文章多血淚，華堂燈彩是哀時」等。他的一些詩詞今天讀來，仍耐人尋味。對於喜歡《紅樓夢》和涉獵紅學研究的讀者，如果能够通過這本詩集瞭解些許紅學過往亦或父親的情懷，則足以告慰先父。在此對所有關注此書的讀者朋友表示衷心感謝！

今年入夏以來，北京烈日炎炎，再次由衷感謝在酷暑下爲此書做了大量文字編輯校對工作的柴劍虹先生，感謝中華書局諸位領導獨具慧眼，承接此書的出版發行工作。

馮幽若

二〇二四年八月二十二日於維城

圖書在版編目(CIP)數據

馮其庸紅學詩詞草/馮其庸著;馮幽若輯録. —北京:中華書局,2025. 4. —ISBN 978-7-101-17029-0

Ⅰ. I227

中國國家版本館 CIP 數據核字第 2025PE2957 號

書　　名	馮其庸紅學詩詞草
著　　者	馮其庸
輯　　録	馮幽若
特約編輯	柴劍虹
責任編輯	許旭虹
助理編輯	任凱龍
裝幀設計	許麗娟
責任印製	韓馨雨
出版發行	中華書局 (北京市豐臺區太平橋西里 38 號　100073) http://www.zhbc.com.cn E-mail:zhbc@zhbc.com.cn
印　　刷	三河市中晟雅豪印務有限公司
版　　次	2025 年 4 月第 1 版 2025 年 4 月第 1 次印刷
規　　格	開本/710×1000 毫米　1/16 印張 13½　插頁 10　字數 80 千字
印　　數	1-2000 册
國際書號	ISBN 978-7-101-17029-0
定　　價	98.00 元
